ADRO DHE'N BÿS

IN PESWAR UGANS DËDH

JULES VERNE

Adro dhe'n Bÿs in Peswar Ugans Dëdh

gans
Jules Verne

Versyon cot'hes Kernowek gans
Kaspar Hocking

evertype

2009

Dyllys gans Evertype, Cnoc Sceichín, Leac an Anfa, Cathair na Mart, Co. Mhaigh Eo, Éire / Wordhen. *www.evertype.com.*

Mamditel: *Le Tour du monde en quatre-vingts jours*, 1873.

Versyon cot'hes Kernowek © 2009 Kaspar Hocking.

Golegyth: Nicholas Williams

Kensa dyllans 2009.

Y kefyr covath rolyans rag an lyver-ma dhyworth an Lyverva Vretennek.
A catalogue record for this book is available from the British Library.

ISBN-10 1-904808-21-2
ISBN-13 978-1-904808-21-3

Olsettys in Fournier MT ha *Fournier Le Jeune* gans Michael Everson.

Lymnans: Alphonse-Marie de Neuville ha Léon Benett, 1873.

Cudhlen: Eddie Forbeis Climo.

Pryntys gans LightningSource.

Adro dhe'n Bÿs
in Peswar Ugans Dÿdh

PHILEAS FOGG

Adro dhe'n Bÿs in Peswar Ugans Dëdh

Den kevrinek o Phileas Fogg. Ny wodhya den vÿth tra vÿth adro dhodho marnas nebes taclow sempel. Nyns esa teylu dhodho ha trigys ova in chy brâs in Loundres. Ev o rych mès nyns esa dhodho marnas unn servont rag y weres.

Fogg o den a ûsadow kewar. In y jy yth esa rol a dermynyow. Hy a dhysquedha ev dhe eva te ha dybry crasen poran dhe 8:23 pùb myttyn.

Dhe 9:37, y try dhodho y servont y dhowr rag trehy y varv, hag y fedha an dowr tommys dhe 86°F poran. Pùb dëdh dhe 11:30 eur, yth e Fogg mes a jy ha mos dhe'n *Reform Club*.

Ev a spena y dhëdh ow redya. Ena dhe 6:10 poran, y whre va gwary cartennow ha wosa henna dewheles tre i'n keth termyn pùb gordhuwher. Y gowetha, neb a vedha ow qwary cartennow ganso, a brederys bos Phileas teg, cosel ha hegar. Y a notya yth hevelly nag o mona a vern dhodho. Ev a rÿ dhe jeryta an mona a wainya gans cartennow.

Awos bos an re-na oll an taclow sempel a wodhya den vÿth adro dhodho, an pÿth neb a dhallathas avell gwystel, namna wruga dewedha avell droglamm rag Phileas Fogg. An dra a wharva indelma…

An secùnd dëdh a vis Hedra 1872, servont nowyth a dheuth dhe obery rag Phileas Fogg. Ev o Frynk, Jean Passepartout y hanow. Ev a wrug lies ehen a ober dyffrans kyns an jëdh-na. Ev a veu gwithyas tan in Paris, caner ha lappyor in fer. Ev o crev mès jentyl ha'y enep lowen ha minwharthek a wre dhodho bos kerys pyle pynag a wrella mos.

JEAN PASSEPARTOUT

Wosa bos ow qwandra dhia whel dhe whel, ny vynnas lemmyn saw triga ha bewa yn cosel. Phileas Fogg a hevelly dhodho bos an mêster ewn ragtho—saw ny ylly Passepartout bos moy cammgemerys!

Dhe hanter wosa unnek eur i'n jëdh may tallathas Jean Passepartout obery dhodho, Phileas Fogg êth, dell o ûsyes, dhe'n *Reform Club*. Ev a spenas an jëdh ena ow redya, hag ena dhe dheg mynysen wosa whegh eur, del o usyes, ev a vetyas gans y gowetha rag gwary cartennow. Yth esens ow keskêwsel yn jolyf adro dhe robbyans arhantty—pymp mil ha hanter-cans puns re bia ledrys dhyworth Arhantty Pow Sows.

An lader a gemeras pusorn a vona paper in bàn ha dyberth heb let ganso. Lies huny a'n gwelas ha'y dhe-scrivyans a veu dyllys. Gober a veu profyes rag y gachya, hag yth esa hellerhysy ow whythra gorsavow trênys ha porthow in unn assaya y wytha rag gasa an wlas.

Pan esens ow qwary, Fogg ha'y gowetha a gêwsy warbarth adro dhe'n tylleryow may hylly lader om-geles. Y a wovynnas an eyl orth y gyla pana bellder a via res dhodho rag viajya dres an mor ha scappya dhyworth y helhysy.

"An Bÿs yw tyller brâs rag den dhe omgeles inno," yn medh onen anedha.

"Yw," a leverys Phileas Fogg owth assentya ganso, "mès lemmyn awos bos dhyn pellscrivennow, hensy horn ha gorholyon tan, an bÿs yw gwrës moy bian."

Onen a'y gothmens a worthebys, "Kyn hyllyn ny viajya oll adro dhe'n bÿs in try mis, ny wrug an bÿs lehe kemmys wosa pùptra."

"Nyns yw res try mis," yn medh Fogg. "Den a alsa viajya adro dhe'n bÿs in peswar ugans dëdh."

"Peswar ugans dëdh! Ùnpossybyl!" a leverys gwarier aral in unn wherthyn.

"Preder adro dhe'n drog-lammow a alsa wharvos," yn medh an tressa den.

"Na!" a grias Phileas Fogg. "My a wor y hyll bos gwrës. My a vynn gwystla ugans mil puns warnodho. Rag y brevy, my a vynn dalleth ow viaj haneth. My a wra mos adro dhe'n Bÿs in peswar ugans dëdh."

"MY A WOR Y HYLL BOS GWRËS. MY A VYNN GWYSTLA UGANS MIL
PUNS WARNODHO."

"Yth esta ow cul ges!" "Ny ylta dyberth haneth!" "Ty ny wreta y wul nefra!" y gowetha a armas an eyl wosa y gyla.

"Gwrav," yn medh Fogg yn cosel. "Ny vëdh Sows ow cul ges, pan wrello ev gwystel a'n par-ma. A wrewgh why degemeres an gwystel?"

"Ea," yn medh y gowetha owth assentya, "ny a vynn y dhegemeres."

"Dâ lowr," yn medh Fogg. "Hedhyw yw de Merher an secùnd a vis Hedra. My a vynn dewheles omma dhe'n *Reform Club* qwarter dhe naw eur, de Sadorn, an kensa dëdh warn ugans a vis Kevardhu. Lemmyn, a serys, gwren ny dewedha agan gwary!"

Pan êth Phileas Frogg tre, ev a grias dh'y servont, "Trùss sagh bian, a Passepartout, y fëdhon ny ow tyberth rag Dover wosa deg mynysen. Ny a wra mos adro dhe'n bÿs."

"Adro dhe'n bÿs!" y leverys Passepartout sowthenys fest.

"Adro dhe'n bÿs," yn medh Phileas Fogg arta. "Ny a wra dalleth dystowgh!"

"Ass yw bryntyn hemma," a groffolas Passepartout truan, hag ev a drùssas sagh. "Nyns esen vy ow tesirya marnas bêwnans cosel, ha lemmyn my a'm beus mêster usy ow talleth in mes wàr aneth fol."

Dhe eth eur y a veu parys dhe dhyberth. Fogg a gemeras ganso rol termynyow rag gorholyon ha hensy horn an bŷs. I'ga sagh ev a worras rol dew a vona.

"Kemmer with dâ a'n sagh-ma," a erhys ev dhe Passepartout. "Yma ugans mil a bunsow inno."

I'n gorsaf Fogg a brenas dew dokyn dhe Baris. Yth esa y gowetha dhyworth an *Reform Club* ow qwetyas rag gasa farwel teg.

"A serys," yn medh ev, "pan dhewhyllyf, why a yll whythra ow thremencummyas ha gweles stampys pùb pow may fedhama tremenys dredho. Y a vêdh prof my dhe viajya adro dhe'n bŷs. Ny a vynn metya arta warbarth qwarter dhe naw eur gordhuwher de Sadorn an kensa dêdh warn ugans a vis Kevardhu."

An tren a byffyas in mes a'n gorsaf. Yth esa Phileas Fogg esedhys yn cosel i'n gornel hag yth esa Passepartout ow strotha an sagh dh'y vrest hag ow miras yn trist aberth i'n nos dewl.

An nowodhow adro dhe wystel Phileas Fogg a omlesas kepar ha tan gwyls. Y feu y byctour pryntys in pùb paper nowodhow ha ny vedha an bobel ow kêwsel a dra vëth aral. Yth esa ran anedha ow predery Fogg dhe viajya wàr aneth splann, mès ran aral a levery ev dhe vos muskegys.

Fogg ha Passepartout a wrug viajya dhia Paris dhe Italy. Ena y êth i'n gorhel tan henwys *Mongolia* neb a's kemeras dhe Bombay wàr an arvor west a Eynda.

In Sûez Passepartout a diras gans tremencummyas in y dhorn. Yth esa estren a'y sav ogas dhe'n gorhel hag ev a whythras Passepartout yn clos.

"A allama agas gweres, a syra?" a wovynnas an estren orth Passepartout.

"Dâ via genef gul dhe'n tremencummyas-ma bos stampys," a worthebys Passepartout. "A yllowgh why dysqwedhes an fordh dhe Sodhva an Consùl dhymm?"

Dewlagas sherp an estren a studhyas an tremencummyas. Ev a welas inno pyctour Phileas Fogg.

"Nyns yw henna agas tremencummyas why," y leverys ev. "Res yw dhe berhen an tremencummyas dos wàr dir ha mos dhe'n sodhva y honen."

"Ny wra henna plesya ow mêster," yn medh Passepartout. Ev êth i'n gorhel arta yn uskys rag cafos Phileas Fogg.

An estren êth scaffa gallas dhe Sodhva an Consùl.

AN NOWODHOW ADRO DHE WYSTEL PHILEAS FOGG
A OMLESAS KEPAR HA TAN GWYLS.

"A syra," yn medh ev dhe'n Consùl, "my yw gylwys Fix. Hellerghyas oma hag y feuma danvenys omma gans Scotland Yard. Yth eson ny ow whylas lader arhantty. Sur oma ev dhe dhos namnygen omma dhe Sùez. Res ye dhywgh y wytha omma, erna wryllyf cafos capyas ragtho."

"Ny allama gul henna," yn medh an Consùl. "Mars usy y dremencummyas in ordyr, ny allaf vy y synsy omma."

Phileas Fogg a entras i'n sodhva. Ha'n consùl a stampyas an tremencummyas. Fix a viras stag orth Fogg. Heb dowt vÿth hèn o y dhen ev! Res o dhodho sevel orth kelly Fogg! Kyns ès an gorhel dhe vora rag Bombay, res via dhodho danvon pellscriven dhe Loundres.

An gordhuwher-na pellscriven a dheuth bys in Scotland Yard:

"*Sûez dhe Scotland Yard, Loundres*: LADER ARHANTTY KEFYS GENEF PHILEAS FOGG. DANVENOWGH CAPYAS DHE BOMBAY. FIX, HELLERGHYAS."

Y feu an paperyow nowodhow leun dystowgh a whedhlow adro dhe'n den kevrinek, Phileas Fogg. I'n *Reform Club*, esyly erel a whythras dour y fotograf. Heb dowt vëth, yth ova pòr haval dhe dhescrivyans lader an arhantty. Nyns o y viaj adro dhe'n bÿs ytho mès prat dhe dêwlel an creslu dhywar an helgh. Nyns o Fogg gorour na fella; nyns ova tra vÿth ken ès lader arhantty ha'n creslu wàr y lergh!

FIX HELLERGHYAS

Wàr an gorhel hynwys *Mongolia* yth esa Phileas Fogg ow qwary cartennow. Yth esa Fix hellerghyas i'n gorhel inwedh ha lowen veu Passepartout pan wrug ev metya ganso arta. Passepartout a leverys dhodho adro dh'y vêster rych ha'y viaj adro dhe'n bÿs. Drefen pùptra a leverys an servont dhodho, y feu Fix dhe voy ha dhe voy certan yth o Fogg lader an arhantty. Heb mar ny brederys Passepartout unweyth kyn fe Fix dhe vos hellerghyas na dhe vos ow chacya y vêster.

Pan wrussons drehedhes Bombay, y feu spâss a deyr our kyns ès Fogg ha Passepartout dhe dhalleth wàr aga fordh hir dres Eynda bys in Calcùtta. Passepartout êth ales rag miras orth an cyta. Ev a entras in templa. Try fronter a omsettyas orto hag y serrys brâs drefen ev dhe entra heb disky y eskyjyow. Passepartout a sevys yn colonnek ortans hag ena ev a spedyas dhe dhiank dhyworta. Ev a dherivas dhe Fogg adro dhe'n mater in gorsaf an trênys. Yth esa Fix whath ow cortos y gapyas, hag ev a viras hag a woslowas orta.

"A callen vy wul dhe Passepartout bos têwlys in pryson awos ev dhe wul deray i'n templa," a leverys Fix dhodho y honen, "res via dhe Fogg gortos erna ve va friys. Erbynn an prÿs-na an capyas a via devedhys, ha my a alsa dalhenna ow drog-oberor vy!"

YTH ESA AN TREN OW VIAJYA YN CREV HAG YN STRIK DRES EYNDA.

An tren a asas an gorsaf ha Fix a wortas a-dhelergh. Ev a'n jeva ober dhe wul rag may fe sesys Passe-partout.

Yth esa an tren ow viajya yn crev hag yn strik dres Eynda. I'n eur-na adhesempys heb gwarnyans vëth an tren a stoppyas, ha sowthenys veu an dremenysy pan veu erhys dhedha dieskynna.

"Mir, a syra," a grias Passepartout, "hèm yw penn an linen!"

Yth esa dyweth dhe'n hens horn hanter-cans mildir dhyrag an nessa gorsaf. Res via dhe'n dremenysy mos dy gwella gyllens. Passepartout a ombrederys pols hag ena ev a bonyas bys in tre vian ogas dhedha. Ev a dhewhelas yn scon ha nowodhow dâ ganso rag y vêster.

"A syra!" grias ev, sordys y golon. "My a wrug cafos den usy olyfans dhodho. Ev a vynn agan dry dhe'n nessa gorsaf."

"EV A VYNN AGAN DRY DHE'N NESSA GORSAF."

Whare yth esens ow travalya in rag gans lies bomm ha bonk wàr geyn an olyfans tro ha Calcùtta. Wosa termyn cot y hyllens clêwes dhyragtha sonyow ancoth. An lewyer a hedhas an olyfans ha goslowes.

"Rafnoryon!" yn medh Parssepartout.

Y a slynkyas dhyworth an trolergh heb gul myk na gyk ha keles aga honen in mesk an gwëdh, may hallens aspia orth an dus erel dhyworth an pellder. Yth esa processyon hir encledhyas ow tremena gans tabours ow seny ha levow tus owth ola yn uhel. Raja bò pryns Eyndek o nowyth marow hag yth esens ow try y gorf dh'y lesky wàr loscarn. Yth esa gwithysy ervys ow ledya in rag y wedhowes semly, Aouda hy hanow.

"Pandr'a whyrvyth dhedhy?" a wovynnas Fogg.

"Hy a vÿdh leskys yn few gans corf hy gour marow," a whystras an lewyer.

"Nefra!" yn medh Fogg. "Res yw dhymm hy sawya! Gwrewgh aga sewya!"

WHARE YTH ESENS OW TRAVALYA IN RAG GANS LIES BOMM HA BONK
WÀR GEYN AN OLYFANS TRO HA CALCÙTTA.

Y a sewyas an processyon pols seker wàr aga lergh. Pan hedhas an processyon ogas dhe dempla, y a wortas in mesk an gwëdh. Kepar dell esens y ow colyas, y feu bern brâs a gunys drehevys hag y feu corf an raja settys warnodho. Pan godhas an tewolgow, an withysy a ledyas an wreg yowynk i'n templa. Yth esa gwithysy ow sevel oll adro dh'y fosow.

Y'n tewlder Passepartout a dêwlys towl rag delyvra Aouda, ha poran kyns terry an jëdh, ev a gramyas yn cosel bys i'n loscarn. Ev êth in bann warnodho hag omgeles i'n prennyer.

Pan esa howl an myttyn ow lenwel an ebron a'y wolow, Aouda deg a veu hembrynkys gans an withysy bys i'n loscarn, ha hy ow clamdera rag ewn own. An withysy a wrug dhedhy gorwedha ahës ryb hy gour marow. Cân wyls ha bommyn an tabours a dhallathas unweyth arta. Ena y feu anowys an tan. Flammow ha mog a dhrehevys i'n air. Yth o Phineas Fogg parys dhe fysky in rag ha'y gollel in y dhorn, pan sevys Passepartout in bann dhesempys in mes a'n flammow hag a'n mog a-ugh an tan. An withysy ha'n mùrnyers erel a gemeras uth ha godha dhe'n dor. "Yma an Raja ow pewa!" a grias nebonen.

AN WITHYSY HA'N MÙRNYERS EREL
A GEMERAS UTH HA GODHA DHE'N DOR.

Passepartout a gachyas Aouda in mes a'n flammow, lemmel dhywar an tan ha fystena gensy dhe dyller saw. Phileas Fogg a wrug gweres dhedha mos in bann wàr an olyfans hag ena y departyas yn uskys. Y feu gonnys ha criow clêwys wàr aga lergh. Y a dhienkys heb termyn vëth dhe sparya! Pan esa an olyfans ow ponya yn uskys dres an dor dhyworth an peryl wàr aga lergh, Aouda a aswonys meur ras dh'y delyvryoryon. Hy lagasow semly a lenwys a dhagrow a lowena.

An nos-na y a wrug yskynna i'n tren ow mos dhe Calcùtta. Phileas Fogg re bia ow predery yn town adro dhe'n mater hag ev a wodhya na via Aouda saw nefra in Eynda. Ervirys o ganso hy dry dhe Hong Kong le mayth esa nessevyn dhedhy, a alsa gul gweres dhedhy. Mes pan wrussons y dieskynna dhywar an tren in Calcùtta, gwithyas cres a's stoppyas.

Fogg a brederys, "Mar pedhaf vy cùhudhys a ladra Aouda, my a vynn sconya hy danvon dh'y mernans." Bytegans, yn pòr goynt, an gwithyas cres a dhalhennas Passepartout hag ev a'n cùhudhas a omlath i'n templa in Bombay.

I'n gort Fogg a wrug tylly spal y servont. In rann adhelergh an gort Fix, hellerghyas, a veu serrys. Nyns o an capyas rag Fogg devedhys dhodho whath, ha ny ylly Fix lettya Fogg na fella.

DRES AN VIAJ, PHILEAS FOGG HAG AOUDA A VEWAS YN FORTYNYS.

Pan o an gorhel tan dhe Hong Kong parys dhe vora, pùbonen êth aberveth yn uskys. Dres an viaj, Phileas Fogg hag Aouda a vewas yn fortynys. Ev a's kefy jentyl ha wheg ha hy a dhyscas cara an den bryntyn ha hegar neb a's dros dhe sawder.

Marth a'n jeva Passepartout pan welas Fix arta. Ev a dhallathas predery y vos aspier danvenys gans an *Reform Club* rag aga whythra, mès ny dherivas Passe-partout tra vëth a'y skeus dhe Phileas Fogg.

Wosa nebes dedhyow hager-awel pòr dhrog a dherevys. Passepartout a remainyas wàr an flûr mar bell dell dhuryas an hager-awel hag a weresas an meyny gans an gorhel. Bytegyns y a dhrehedhas porth in Hong Kong, whetek our kyns ès aga nessa lester, an *Carnatic*, dhe dhalleth wàr y drumach tro ha Yokohama in Japan. Fogg a fystenas i'n cyta gans Aouda dhe gafos hy henderow. Soweth, y a glêwas, mater a anes dhe Aouda, hy nessevyn dhe vos gyllys dhyworth Hong Kong, ha lemmyn dhe vos trigys in Pow Isel.

PASSEPARTOUT A REMAINYAS WÀR AN FLÛR MAR BELL DELL DHURYAS
AN HAGER-AWEL HAG A WERESAS AN MEYNY GANS AN GORHEL.

"Ty a dal dos genen dhe Ewrop," yn medh Phileas Fogg dhedhy.

Yn kettermyn, yth esa Passepartout ow qwandra adro i'n cyta y honen oll. Passepartout a verkyas in mesk pobel an tyller-na nebes tus pòr goth, dell hevelly, neb o gwyskys in dyllas melen. Ev a entras shoppa barver may fe dyvarvys, hag a dhyscas ena an dus coth dhe vos dhe'n lyha peswar ugans bloodh, rag i'n oos-na yma cummyas dhe dhen bos gwyskys in melen—lyw an Emprour. Kyn na wodhya prag poran, Passepartout a gafas henna wharthus dres ehen. Assa veu brâs y varth pan wrug ev metya gans Fix arta.

"Esowgh why ow mos dhe Japan inwedh, a syra?" a wovynnas ev.

"Esof," a worthebys an hellerghyas. Y êth aga dew warbarth rag prena toknys rak an viaj dhe Yokohama. I'n sodhva an toknys y a dhyscas y whre an gorhel dalleth an trumach dhe voy avar ès dell esens y ow qwetyas.

"Ow mester a vÿdh lowen golya haneth," a leverys Passepartout. "Res yw dhymm y avisya scaffa gallaf."

"Yma termyn lowr genen," yn medh an hellerghyas connek. "Gesowgh ny dhe eva gwedren a win warbarth."

PASSEPARTOUT A VERKYAS IN MESK POBEL AN TYLLER-NA NEBES TUS
A HEVELLY BOS PÒR GOTH HAG Y GWYSKYS IN DYLLAS MELEN.

Pan esens owth eva gwedren a win warbarth, Fix a venegas dhe Passepartout rag an kensa prÿs y vos hellerghyas. "Dha vêster," yn medh ev, "yw an lader arhantty dienkys. Gweres dhymm orth y gachya ha my a vynn ranna an gweryson genes."

"Flows!" a grias Passepartout. "Ow mêster yw den an moyha gwiryon bythqweth a veu. Ny vynsen nefra traita den mar dhâ avello ev. Nefra!"

"Ny wodhesta tra vÿth anodho," a worthebys Fix, "mès dhe'n lyha ny a yll bos cothmens whath." Hag ev a besyas, "Deun, gesowgh ny dhe eva gwedren moy!"

Y a wrug eva unweyth arta. Yth esa penn Passepartout ow talleth troyllya. Fix a settyas pib in dorn an gwas. Passepartout a gemeras tùch a'n bib, saw ny wodhya poynt ev dhe vos ow megy pib leun a gùskles. Cùsk poos a godhas warnodho heb let.

"YMA TERMYN LOWR GENEN," YN MEDH AN HELLERGHYAS CONNEK.
"GESOWGH NY DHE EVA GWEDREN A WIN WARBARTH."

Fix a slynkyas yn cosel in mes a'n tavarn. Erbynn an termyn-na yth o an *Carnatic* gyllys in kerdh heb Fogg ha'y servont! Goev na wrug an capyas dos whath. Mar teffa, an hellerghyas a alsa dalhenna Phileas Fogg ha cafos an gweryson.

Fogg hag Aouda a wortas Passepartout. Pan na wrug ev dewhelas, y a fystenas dhe'n porth. Nyns esa Passe-partout ena. In y le ev y a gafas Fix, hag ev a dherivas dhedha y whrug an *Carnatic* golya solabrÿs.

"Mars yw taclow indella," yn medh Fogg, "my a gev gorhel aral rag agan dry dhedhy."

Colon an hellerghyas a godhas. Ev a via anfusyk arta, drefen na dheuth an capyas whath.

Fogg a gafas yn uskys capten a lester bian neb o parys dh'aga don dhe Shanghai. Alena y a alsa kemeres gorhel tan dhe Yokohama. "Ty a gollas an *Carnatic* inwedh," yn medh Fogg dhe Fix. "A vynsowgh why dos genen?"

Fix a assentyas yn lowen. Grâss dhe gufter lader an arhantty, an hellerghyas a alsa y synsy in dann with pùpprës!

FOGG A GAFAS YN USKYS CAPTEN A LESTER BIAN NEB O PARYS
DH'AGA DON DHE SHANGHAI.

Fogg a sarchyas oll an cyta rag Passepartout, mès uver veu an dra. Ny leverys Fix tra vÿth. Pan o an gorhel parys dhe dhalleth y viaj, res veu dhe Fogg ha dhe Aouda mos wàr an lester heb aga servont lel.

Ternos wàr an mor y a vetyas orth hager-awel uthyk. Y fedha an gorhel shakys ha tossys yn harow. Ena, ogas dhe arvor China, an gwyns a wrug spavenhe. Nebes termyn o kellys gansa, hag yth esens cans mildir dyworth Shanghai. An capten a ros an ordyr rag golya in rag toth men. Ena kettel dheuth Shanghai in aga golok, y a welas gorhel tan brâs ow tos tro ha'ga lester.

"Ny yw re adhewedhes!" a grias an capten. "Hèn yw agas gorhel dhe Yokohama!"

"Gwrewgh sin dhedhy!" a gomondyas Fogg.

An gorhel brâs a stoppyas ha'n lester bian êth ryb hy thenewan. Aouda, Phileas Fogg ha Fix a yskynnas i'n gorhel brâs. Y oll a wrug sin a farwel dhe gapten an scath vian ha'n gorhel tan dhallathas golya arta tro ha Yokohama.

"Soweth nag usy Passepartout genen," yn medh Aouda.

TERNOS WÀR AN MOR Y A VETYAS ORTH HAGER-AWEL UTHYK.
Y FEDHA AN GORHEL SHAKYS HA TOSSYS YN HAROW.

Ny wodhya den vëth anedha Passepartout dhe vos wàr y fordh dhe Japan inwedh. Kynth ova whath hunek dre'n cùskles a ros Fix dhodho, ev a wrug oll y ehen ha dredhedhes an porth. Marners a wrug y dhon aberth in *Carnatic* ha hy parys dhe dhalleth hy thrumach i'n termyn-na poran.

Y a'n gorras in y gabyn, hag ena cùsk a dheuth warnodho. Pan dheuth ev dhodho y honen arta, ev a whelas y vêster. Nyns esa naneyl Fogg nag Aouda i'n gorhel. Ev a gonvedhas i'n eur-na Fix dh'y dùlla hag ev a omglêwas trist dres ehen. Y fowt y honen veu y vêster dhe gelly an gorhel. Mar teffa Phileas Fogg ha fyllel drehedhes Loundres i'n termyn ewn hag indella kelly y wystel, ev, Passepartout, a via dhe vlamya.

Heb coweth ha heb mona vëth Passepartout a diras in Yokohama. Ev a dheuth wàr wycor genesyk esa ow qwertha dyllas coth. Ev a ros dhodho y vantel Ewropek hag a gafas dhyworto pows goth Japanek in y le. Ev a wandras der an strêtys hag ev ow covyn orto y honen in pana vaner a ylly ev dendyl mona lowr rag dewheles dhe Loundres. Ena ev a welas avisyans scrifys in Sowsnek. Yth esa an geryow-ma warnodho:

GRAND SHOW
CLOWNS! ACROBATS! JUGGLERS!
TONIGHT!

PASSEPARTOUT A WANDRAS DER AN STRÊTYS HAG EV OW COVYN
ORTO Y HONEN IN PANA VANER A YLLY EV DENDYL MONA LOWR RAG
DEWHELES DHE LOUNDRES.

"Hen yw an dra ewn ragof!" yn medh ev dhodho y
honen. "My a gev ober avell lappyor." Hag ev êth prest
dhe'n gwaryjy.

"Ny a yll ûsya den crev," a leverys dhodho hem-
brynkyas an lappyoryon. "Yma ethom dhyn a dhen
rag synsy agan Pyramid a Dus. Res yw dhys growedha
ahës wàr dha geyn ha'n remnant ahanan a wra kesposa
agan honen a-uhos."

An gwary a dhallathas dhe deyr eur. Pan wrug an
tabours seny, hanter-cans lappyor a lammas wàr an
waryva. Passepartout a wrowedhas ahës ha'n rann aral
a gramblas an eyl wàr y gyla hag omberthy warnodho.
An gùntelles a armas yn lowen. An menestrouthy a
warias ha'n Pyramid a Dus a devys dhe voy ha dhe voy
uhel. Pan esa ev a'y wroweth wàr y geyn Passepartout
a ylly miras in bann i'n gwaryjy. Ena i'n terras avann
ev a aspias Mêster Fogg hag Aouda!

"A Vêster!" a armas Passepartout yn lowen. Ev a
herdhyas in kerdh an dus esa warnodho ha'n Pyramid
a Dus a godhas in grahell. Ev a bonyas dhywar an
waryva dhe vetya arta gans y vêster kellys ha gans
Aouda. Y feu hùbbadùllya i'n gwaryjy. An lappyoryon
a veu uthyk serrys, mès Fogg a veu pòr lowen drefen
y servont ha'y honen dhe vos warbarth arta. Fogg ytho
a wrug coselhe an lappyoryon gans dornas a vona.

AN PYRAMID A DUS A GODHAS IN GRAHELL.

Warbarth y êth aga thry dhe 'n porth rag yskynna i'n gorhel a vynsa aga don dres an Mor Cosel dhe America. Fogg a dherivas dh'y servont in pana vaner a dheuth ev y honen, Aouda ha Mester Fix dhe Japan. Passepartout a venegas dhedha ev dh'aga helly, drefen ev dhe vos ow megy pib cùskles. Ny leverys ev tra vÿth a'y vetyans gans an hellerghyas.

An gorhel a wrug mora a-dermyn dhe San Francisco. "Yth o agan toth dâ lowr bys lemmyn," yn medh Phileas Fogg. "Warlergh an toth-ma ny a vynn dewheles a-dermyn dhe 'n *Reform Club*!"

Passepartout o pòr lowen. Ev o dewhelys dh'y vêster ha dhe Aouda. Whath Mester Fogg a ylly gwainya y wystel ha wàr an dyweth yth hevelly aga bos frank a Fix. Lowen o Passepartout inwedh na leverys tra vÿth dh'y vêster adro dhe ober Fix avell hellerghyas. Heb dowt vÿth cammdybys o Fix adro dh'y vêster, ha nyns esa skyla dhodho rag ania Fogg adro dhe 'n mater.

Ev a omsynsy lowen kepar ha kyns hag ev a gerdhas wàr an flûr. I'n eur-na pan drailyas adro dhe gornel, ev a happyas orth Fix fâss dhe fâss. Heb ger vÿth Passepartout a bonyas tro ha Fix, y weskel ha'y dêwlel dhe'n leur.

"Yth yw henna rag ty dhe'm higa," a leverys ev mar uhel avell taran. "Mara qwreta gwary prattys arta, my a vynn terry dha gonna!"

Fix a remainyas in dann gel rag an remnant a'n trumach, ha henna a veu an gùssul wella ragtho. Unnek dêdh wosa henna an gorhel a dhrehedhas San Francisco.

Gordhuwher an jêdh-na yth esens y wàr an tren rag Evrok Nowyth, try mil seyth cans ha peswar ugans mildir dhyworta. In seyth dêdh an tren a vynsa aga dry dhia an Mor Cosel bys i'n Mor Atlantek. Yth esa etek dêdh gansa whath.

Fogg brederys bos pùptra ow mos in rag yn tâ. Hag ev a'n jeva marth ha lowena pan welas ev Fix dhe vos wàr an tren inwedh. Nyns o Passepartout lowen adro dhodho, mès ny gafas sowthen vÿth orth y weles!

Yth esa an tren owth uja wàr hy hens uskys dres oll an nos, der an Menydhyow Carregek ha dres avenow gwyls. Ena yth esens ow viajya wàr an meurbrasow.

Heb gwarnyans an tren a stoppyas hag yth esa lies mil a vualas ow ponya dres linen an hens horn. Dres our wosa our yth esens ow passya dhyrag an tren kepar hag avon ell owth istynna bys i'n gorwel.

HEB GWARNYANS AN TREN A STOPPYAS HAG YTH ESA
LIES MIL A VUALAS OW PONYA DRES LINEN AN HENS HORN.

Yth esa Passepartout ow fromma drefen an bualas dh'aga lettya termyn mar hir, mès ny wrug tra vëth ania Phileas Fogg. Ev a besyas ow qwary cartennow kepar ha pan na ve maters a dermyn a les vëth oll dhodho! Pan dhallathas an tren gwaya unweyth arta, ergh a dhallathas codha inwedh. Pasepartout a veu prederys, rag y a wodhya y fedha an meurbrasow cudhys gans ergh kyns na pell. Meur a ergh a alsa degea an hens horn, ha henna a wrussa gorfenna aga aneth.

An tressa dëdh avar an tren a stoppyas heb gwarnyans arta, ha Passepartout êth may halla dyscudha pandr'o wharvedhys.

Ev a glêwas onen a dus arwedhyow an hens horn ow leverel, "Na, ny yllowgh why mos dres an avon. Nyns yw an pons crev lowr."

PHILEAS FOGG A BESYAS OW QWARY CARTENNOW KEPAR HA
PAN NA VE MATERS A DERMYN A LES VÊTH OLL DHODHO.

Ny vynsa lywyer an tren bos stoppys mar esy avell henna. "Rewgh dhymm cummyas a dremena!" a leverys ev yn stowt. "Mar teun ny ha mos dresty yn pòr uskys, namna wren ny neyja dresty!"

Ev a wrug dhe'n tren mos wàr dhelergh. I'n eur-na ev a'n lewyas pòr uskys in rag. Yth esa an jyn ow scrija ha'n tren ow crena. Yth esens ow mos try ugans, peswar ugans, cans mildir i'n our! Scant nyns esa an rosow ow tùchya orth an hens, dell hevelly. Y êth dres an pons a-ugh an avon kepar ha luhesen. Kettel wrug an caryach dewetha drehedhes an tenewan aral, an pons wàr y lergh a godhas in dowr coneryak an avon.

KETTEL WRUG AN CARYACH DEWETHA DREHEDHES
AN TENEWAN ARAL, AN PONS WÀR Y LERGH A GODHAS
IN DOWR CONERYAK AN AVON.

Ternos dohajëdh peryl aral a's gweskys. Ujow garow a lenwys an air pan omsettyas bagas a Indyanas Sioux orth an tren.

Yth esa cans anedha ow marogeth ryb an tren ha rann anedha a lammas wàr an tren y honen. An Indyanas a denna aga gonnys hir ha'n dremenysy a's gortheby gans tennow a'ga fystolow.

Chyften an Indyanas a lammas wàr an jyn tan. Ev a gronkyas lewyer an jyn ha'y wereser, hag ena ev a assayas dhe stoppya an tren hag a drailyas ros in cabyn an lewyer.

Ny wrug an jyn saw fysky dhe voy uskys! Ev a drailyas an ros i'n fordh gamm!

"Res yu stoppya an tren!" a grias Fogg, hag ev a bonyas dhe dharas an caryach.

"Gortowgh omma, a syra. My a vynn mos!" yn medh Passepartout.

UJOW GAROW A LENWYS AN AIR PAN OMSETTYAS
BAGAS A INDYANAS SIOUX ORTH AN TREN.

Heb bos gwelys gans an Indyanas, ev a asas an caryach hag yskynna in dann an tren, esa ow mos kepar hag in resekva wyls. Ev êth in rag in unn lena orth an chainys esa ow lesky, erna wrug ev drehedhes an jyn. Heb strechya ev a lowsyas an côchys dhia an jyn, ha'n côchys a dhallathas lent'he.

Pan dheuth an côchys ogas dhe neb unn gorsaf, an Indyanas a welas bagas a soudoryon wàr an cay. Y a lammas dhywar an tren ha fia dhe'n fo.

I'n gorsaf an dus a gonvedhas an jyn gans an lewyer ha'y weresor dhe resek in rag yn uskys fol ha gyllys o erbynn an termyn-na in mes a wel. Yth esa Passepartout ha dew dremenyas aral ow fyllel inwedh.

"An Indyanas re wrug aga don in kerdh gansa!" a leverys Aouda der hy dagrow.

"My a wra cafos agan Passepartout hardh ha'n dremenysy erel," yn medh Phileas Fogg dhedhy. Ev ha bagas a soudoryon a dhallathas wàr aga fordh warlergh an Indyanas.

EV ÊTH IN RAG IN UNN LENA ORTH AN CHAINYS ESA OW LESKY,
ERNA WRUG EV DREHEDHES AN JYN.

Yth esa Aouda ha Fix ow cortos i'n gorsaf warbarth gans an dremenysy erel. Adhesempys y a glêwas whyb. Ena yn lowen, y a welas an jyn tan ow tewheles wàr an hens horn. An lewyer a dherivas dhedha, pan wrug ev y honen ha'y weresor dos dhedha aga honen, y whrug chyften an Indyanas fia dhe'n fo, hag ena y stoppyas an jyn. Y a gonvedhas y whrug an tan i'n jyn dyfudhy drefen bos leskys oll an cunys i'n fornys. Y a worras moy cunys in fornys, anowy an tan arta ha dos wàr dhelergh rag cafos an côchys. Pan veu an dremenysy wàr an tren arta, y a vynsa mos in rag tro hag Evrok Nowyth.

"Mes pandr'a yllyn ny gul adro dhe Vêster Fogg ha'n dremenysy erel usy ow fyllel?" a wovynnas Aouda. "Mar pleg, na wrewgh dyberth heptha," yn medh hy ha pejadow in hy lev.

"Res vêdh dhedha kemeres an tren avorow," a worthebys an lewyer.

Y A WELAS AN JYN TAN OW TEWHELES WÀR AN HENS HORN.

Aouda a sconyas dyberth wàr an tren, ha hy a remainyas i'n gorsaf pan wrug an tren dyberth. Fix a wortas gensy. Nyns ova pës dâ, rag ev a alsa whath kelly y lader arhantty.

Yeyn ha hir veu an nos. Pan sevys an howl wàr an pow in dann gudhlen a rew hag a ergh, y feu clêwys gonnys. Ena wàr an dyweth y dhysqwedhas bagas a dus ow kerdhes tro ha'n gorsaf. Yth esa Phileas Fogg ow ledya an soudoryon ha'n dus esa ow fyllel. Heb let Aouda a veu dasunys gans Fogg ha gans Passepartout. Hy a glêwas in pana vaner a gafas Fogg Passepartout ha'n dremenysy erel owth omlath gans an Indyanas. Passepartout hardh a worras try Indyan dhe'n dor gans tra vëth ken ès a dhewdhorn noth.

PASSEPARTOUT HARDH A WORRAS TRY INDYAN DHE'N DOR
GANS TRA VËTH KEN ÈS A DHEWDHORN NOTH.

Fogg a veu serrys pan gonvedhas an tren dhe vos gyllys heptha.

"My yw peswar our warn ugans holergh," yn medh ev. "Res yw dhymm bos in Evrok Nowyth an unegves dëdh a vis Kevardhu. An gorhel a wra golya wàr y drumach dhe Lerpol gordhuwher an jëdh-na dhe naw eur!"

Yth esa den a'y sav ogas dhodho hag ev a'n clêwas. Ev a brofyas dhedha aga don wàr y gar slynkya gwyns. Yth esa resoryon dur in dann an car slynkya ha gol brâs dres ehen warnodho. Fogg a dhegemeras y brofyans yn lowen, hag yn scon yth esa an gwyns yeyn orth aga herdhya in rag—Fix kefrÿs—yn pòr uskys wàr an ergh rewys.

YN SCON YTH ESA AN GWYNS YEYN ORTH AGA HERDHYA IN RAG
YN PÒR USKYS WÀR AN ERGH REWYS.

Yth esa Aouda ow whelas omwitha gwella gylly orth assaultyans rewys an gwyns. Govenek a dheuth dhe Passepartout arta. Kyn na alsens drehedhes Evrok Nowyth in myttyn an unegves dëdh, y a via ena i'n gordhuwher an keth jorna, ha martesen ny via an gorhel tan dyberthys whath wàr y drumach dhe Lerpol.

Yth esa an car slynkya ow fystena in rag wàr gewlet efan an ergh. Nyns esa den vëth dhe weles i'n pow forsakys. Dhia dermyn dhe dermyn y a wre fysky dres neb unn wedhen, hy kepar ha tarosvan, ha'y eskern gwynn ow qwia hag ow clattra i'n gwyns. Tra-weythyow y terevy hesow a idhyn gwyls dhywar an dor, bò y whre bagas a vleydhas gwyls ponya warlergh an car slynkya, y tanow, nownek, garow hag owth uja yn uthyk. Yth esa y bystol in dorn Passepartout hag ev parys dhe dhyllo pellen wàr onen vëth anedha a dheffa re ogas.

Y a dheuth dhe dre vian le mayth o stoppys i'n gorsaf tren rag Evrok Nowyth. Y a entras i'n tren ha Fogg a gêwsys orth an lewyer, hag ev a ros an ordyr, "Toth men in rag!" An meurbrasow ha'n trevow a bassyas yn uskys. Teken wosa unnek eur gordhuwher, an unegves dëdh a vis Kevardhu, an tren a dhrehedhas Evrok Nowyth. Mes y fons y re holergh. An gorhel tan rag Lerpol o gyllys solabrÿs.

TRAWEYTHYOW Y TEREVY HESOW A IDHYN GWYLS DHYWAR
AN DOR, BÒ Y WHRE BAGAS A VLEYDHAS GWYLS PONYA
WARLERGH AN CAR SLYNKYA, Y TANOW, NOWNEK,
GAROW HAG OWTH UJA YN UTHYK.

Mès porposys o Mêster Fogg na via fethys. Rag henna ev êth yn uskys dhe'n porth. Ena yth esa gorhel bian carg parys dhe vora.

"Pleth esta ow mos?" a wovynnas Fogg orth an capten.

"Bordeaux, in Frynk," a veu an gorthyp.

"My a vynn dha dylly rag ow don vy gans ow thry howeth dhe Lerpol," yn medh Fogg.

"Yth esoma ow colya dhe Bordeaux," yn medh an capten. "My a wra agas don dy."

"Acordys," yn medh Fogg.

Un our wosa henna Fogg ha'y gowetha ha Fix a dhallathas golya dhyworth Evrok Nowyth. Mêster Fogg a erviras na wre va golya mos dhe Frynk. Ev a'n jeva towl. Ev a gêwsys orth an marners in dann gel orth aga thylly yn tâ. Kensa ev a wrug dhe'n capten bos deges in dann alwheth in y gabyn. Ena Fogg a rewlyas an gorhel in le an capten.

Yth esa pùptra ow mos in rag yn splann erna dhallathas hager-awel whetha. Fogg a gomondyas an marners dhe iselhe an golyow. Y feu moy glow gorrys wàr an fornys, may halla an toth pesya. Yth esa tonnow uthyk brâs ow crakya wàr an gorhel bian in dann ebron dhu. Pymp dëdh kens ès y dhe vos vos dervynnys in Loundres, yth esa Phileas Fogg whath i'n cres an Atlantek. Ynjynor an gorhel a dhros drog-nowodhow dhodho.

"An glow yw ogas du, a syra," yn medh ev in unn dhiena. "Res yw dhyn lent'he."

"Ny yllyn lent'he lemmyn!" Fogg a worthebys. "Toth men in rag!" Ena ev a erhys may fe drës an capten dhe'n pons. An capten a sorras yn frâs kepar ha tîger heb chainys.

"Morlader!" a grias ev. "Ty re wrug ladra ow gorhel!"

"A wrug?" a wovynnas Fogg. "My a vynn y brena dhyworthys."

"Ny vynnaf vy y wertha!" yn medh an capten, y lev kepar ha taran.

"Mès res yw dhymm y lesky," yn medh Mêster Fogg.

"Y lesky!" a grias an capten in unn dhiena. "Ev a dal hanter-cans mil dollar."

"My a vynn ry dhis try ugans mil," yn medh Fogg yn cosel. Ny ylly an capten sconya bargen a'n par-na. Ev a gemeras an mona, hag a omjùnya orth an vatel dhe synsy an gorhel bian ow mos in rag yn uskys. Pan veu leskys oll an glow, y a sqwardyas in bann an flûrys ha lesky an prenn. Y a worras pùptra lescadow y'n fornys.

In gordhuwher an ugansves dëdh a vis Kevardhu yth esens a-dhyhow dhe Wordhen.

"MORLADER!" A GRIAS EV, "TY RE WRUG LADRA OW GORHEL!"

Y'n eur-na ny'n jeva Phileas Fogg saw peswar our warn ugans rag mos dhe Loundres ha gwainya y wystel. Y a diras in porth Corky, hag ena tren uskys a's kemeras dhe Dhulyn. Y a gemeras an gorhel alena dhe wul an trumach dhe Lerpol.

Fogg a omglêwas saw pan wrug ev tira in Lerpol. Ev a wodhya y hylly drehedhes Loundres in whegh our hag yth esa ganso naw our whath.

I'n prës-na Phileas Fogg a worras dorn poos wàr scoodh Fogg.

"Yth esoma orth dha dhalhenna in hanow an Vyternes," yn medh Fix hellerghyas.

Passepartout a dhrehevys y dhewdhorn mès gwithysy cres a sesyas y dhywvregh ha Fogg a veu gorrys in bagh an Tolljy.

"YTH ESOMA ORTH DHA DHALHENNA IN HANOW AN VYTERNES,"
YN MEDH FIX HELLERGHYAS.

Passepartout truan a leverys dhe Aouda oll an whedhel. Ev y honen o oll dhe vlamya. Soweth na wrug ev derivas dh'y vêster adro dhe Fix!

Yth esa Phileas Fogg esedhys i'n bagh ow miras orth an secùndys ow passya. Yth hevelly bos ùnpossybyl ev dhe fyllel i'n jëdh dewetha. Tredhek mynysen warn ugans wosa teyr eur daras y vagh a veu egerys yn harow ha Passepartout, Aouda ha Fix a fystenas ajy.

"A syra!" yn medh Fix in unn hockya. "Camm-gemerys veuma! An lader gwir a veu kechys treddeth alemma. Y hyllowgh-why mos dhe wary."

Phileas Fogg a sevys yn lent. Ev a gerdhas yn hebask tro ha Fix, miras stag orth dewlagas an hellerghyas. Ena gans unn knouk scav, ev a gronkyas Fix dhe'n dor.

"Gwrës fest yn tâ, a syra!" yn medh Passepartout gans wharth.

Fogg a gomondyas tren specyal hag y êth dhe Loundres gans meur a doth. Mes pàn dheuth ev dhe'n gorsaf, yth esa clockys Loundres ow tysqwedhas an termyn dhe vos deg mynysen dhe naw eur. Wosa ev dhe viajya adro dhe'n bÿs Phileas Fogg a veu pymp mynysen holergh. Y wystel o kellys ganso.

Yn trist, an try thremenyas a dhewhelys dhe jy Fogg. Ny veu kêwsys mès bohes. Pùbonen a wodhya Phileas Fogg dhe vos dystrewys.

Yth esa Passepartout ow plamya y honen hag ev êth dhe jambour Aouda. "A venyn vas," yn medh ev in unn bledya. "Assayowgh dhe gonfortya Mêster Fogg, my a'gas pës. Ny vynn ev kêwsel orthyf vy."

Pàn êth Phileas Fogg dhe gêwsel orth Aouda adro dh'y dowlow rygthy, hy a leverys dhodho, "Na ve ty dhe'm sylwel vy, ty a'fia termyn lowr."

"Ty yw saw," yn medh Fogg. "Ny'm deur pandr'a wrello wharvos dhymm. My ny'm beus teylu vëth dhe vos prederys y'm kever."

"Soweth," Aouda a hanajas. "Moy esy yw perthy trobel pan vo va rynnys."

"Yma an dus ow leverel henna," yn medh Fogg.

"Gwra ranna dha anken genama ytho," yn medh Aouda. "A vynta ow hemeres avell dha wreg?"

"Mynnaf, gans oll ow holon!" a worthebys Fogg. Heb let ev a gerhas Passepartout hag erhy dhodho mos rag arraya an demedhyans.

"Pana dermyn a vëdh an maryach, a syra?" a wovynnas ev. Pòr lowen veu pàn glêwas an nowodhow.

"Avorow, de Lun," worthebys Phileas Fogg yn fery.

Passepartout a bonyas dhe jy an pronter scaffa gylly. "Mar pleg, a syra," yn medh Passepartout, cot y anal. "A vynnough sacra demedhyans ow mêster Phileas Fogg, avorow, de Lun?"

PASSEPARTOUT A BONYAS DHE JY AN PRONTER SCAFFA GYLLY.

An pronter a worthebys, "Na, a vaw ker, cammdybys os. Avorow a vëdh de Sul. Hedhyw yw de Sadorn."

"De Sadorn hedhyw!" yn medh Passepartout in hast. Marth a'n jeva an pronter ha Passepartout a bonyas in mes a'n rom bys i'n strêt. Passepartout a bonyas aberth in stevel Fogg in unn gria, "Fystenowgh, a vêster! Ny a veu cammgemerys! Hedhyw yw de Sadorn. Yma whath deg mynysen gesys dhywgh rag gwainya agas gwystel!"

Sawthenys veu Fogg. Sur ova na wrug ev gul myskemeryans. Pùb dëdh a veu nyverys yn ewn ganso. Ena ev a gonvedhas: drefen ev dhe viajya tro ha'n ëst, res vedha dhodho chaunjya y euryor. Pùb pymthek degre, res vedha dhodho gorra y euryor unn our wàr dhelergh. Pan esa ev ow mos adro dhe'n bÿs, ev a wrug gwainya peswar our warn ugans—unn jëdh yn tien! Ev a lammas in bann dhe wul an pÿth o res.

Gordhuwher de Sadorn, an kensa dëdh warn ugans a vis Kevardhu, bagas a gothmens a dheuth warbarth i'n *Reform Club*. Henna a veu an peswar-ugansves dëdh a wystel Fogg. Ny wrussons y cafos nowodhow vÿth adro dhodho na'y viaj, ha ny wodhya den vÿth anedha esa va whath ow pewa kyn fe.

"Ugans mynysen wosa eth yw an termyn," yn medh onen anedha. "An tren dewetha dhyworth Lerpol re dheuth solabrÿs. Ny yll ev dos omma in termyn lemmyn."

"Kê wàr dha gamm," yn medh y goweth, "den dour ha kewar yw Phileas Fogg. Ny yllyn ny bos saw bys qwarter dhe naw eur."

Yth esa an mynys ow passya. An vynysen dhewetha o gyllys. An clock a dhallathas seny an tressa quarter. Dhesempys an daras a egoras.

"Otta vy omma, a dus jentyl!" yn medh Phileas Fogg. Yth esa rûth brâs a dus, sordys aga holon, adrëv dhodho.

"OTTA VY OMMA, A DUS JENTYL!"

Ev a wrug viajya adro dhe'n bÿs. Ev êth dre beryl a
bùb sort hag a wrug viajya adro dhe'n bÿs bys an
peswar-ugansves dëdh. An resekva erbynn an termyn
re bia gwainys ganso. Y a wainyas y wystel. Hag i'n
gwella prÿs ev a gafas Aouda yn gwreg. Phileas Fogg
o an den an moyha lowen in oll an bÿs!

GERVA

bagh cell (of prison)
bual, *pl.* **bualas** buffalo
capyas arrest warrant
car slynkya sleigh, sledge
cay railway platform
chaunjya to change, reset
Corky Cork (city in Ireland)
cùskles opium
dornas handful
Dulyn Dublin
Evrok Nowyth New York
Frynk Frenchman
gonna hir, *pl.* **gonnys hir** rifle
gorhel carg cargo ship
gweryson reward
hùbbadùllya hullabaloo
kesposa to balance
kewlet counterpane, coverlet
lappyor acrobat

lescadow combustible
loscarn funeral pyre
Menydhyow Carregek Rocky
  Mountains
mery; yn fery merrily
meurbras, *pl.* **meurbrasow**
  prairie
pellscriven telegram
resor dur, *pl.* **resoryon dur** steel
  runner
spal fine (imposed by court)
spavenhe to calm down (of sea)
tîger tiger
Tolljy Customs House
tremencummyas passport
trumach sea-crossing
trùssa to pack (a bag)
Wordhen Ireland

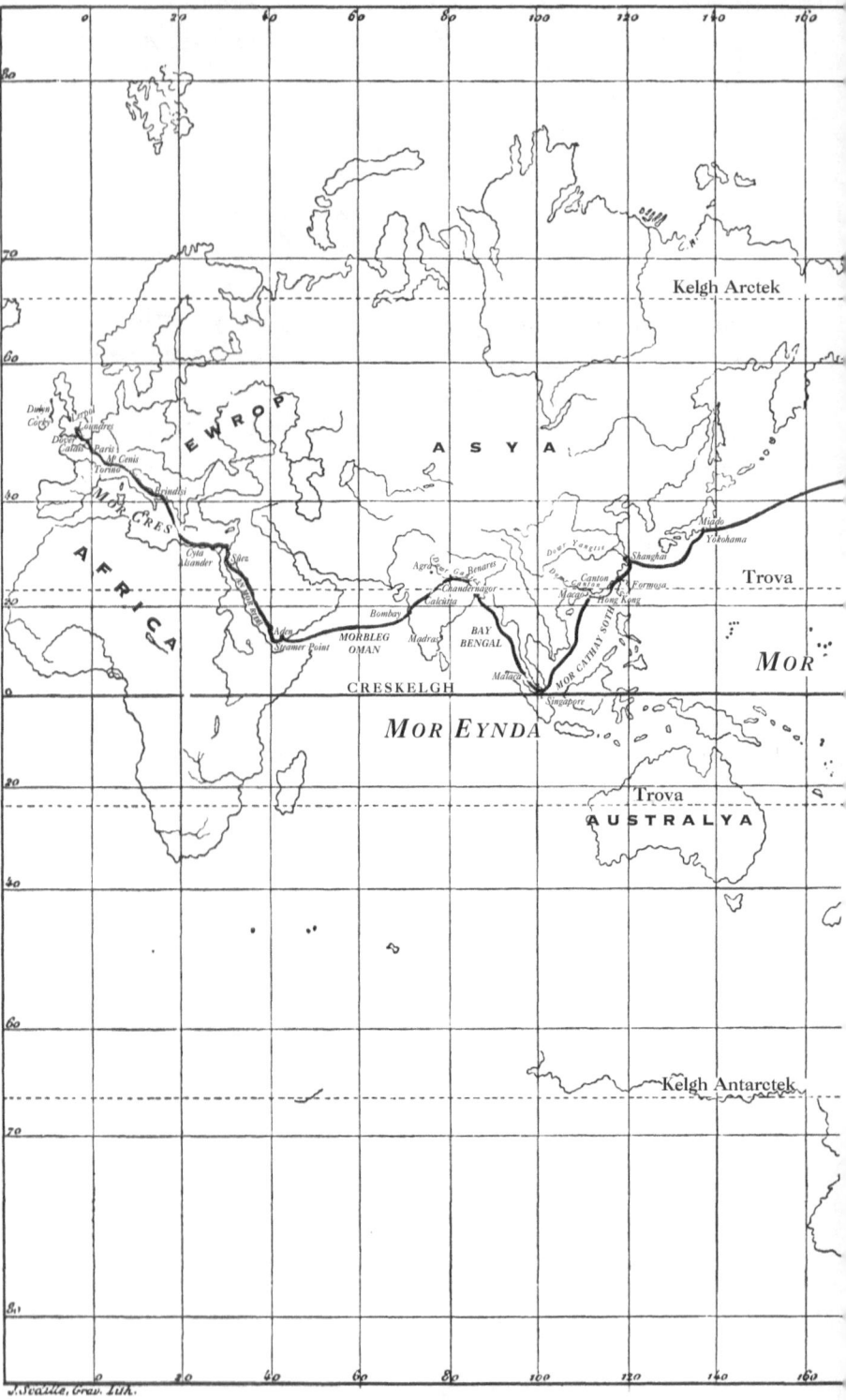

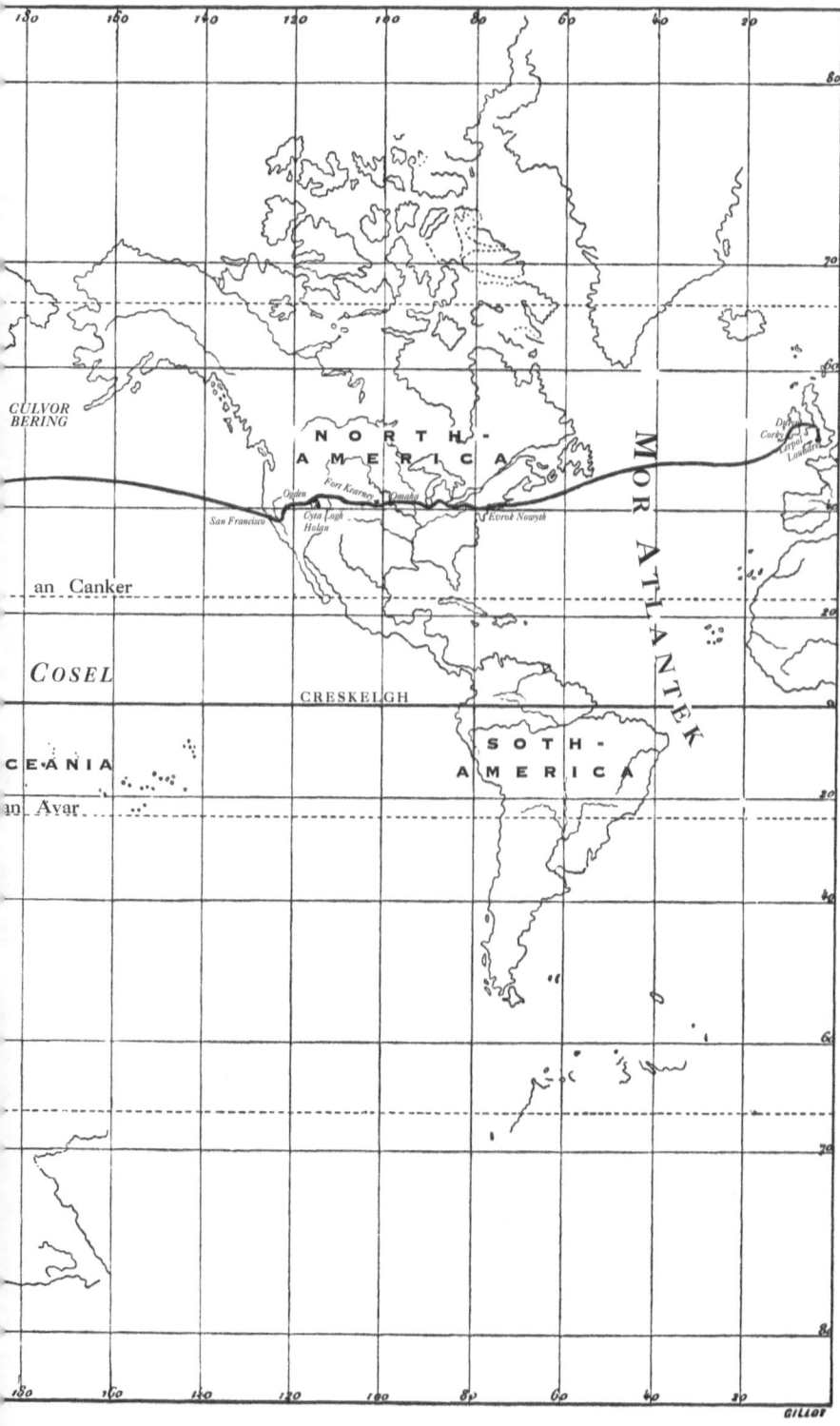

CULVOR
BERING

NORTH-
AMERICA

MOR ATLANTEK

Dpl.
Corby
Corbol
Londol
Londdol

an Canker

COSEL

CRESKELGH

CE·ANIA

an Avar

San Francisco

Ogden   Fort Kearney   Omaha
Cysta Logh
Holgn   Evrok Nowyth

SOTH-
AMERICA

180   160   140   120   100   80   60   40   20

80

70

60

50

40

30

20

10

20

40

60

70

80

180   160   140   120   100   80   60   40   20

GILLOT